La ferme des animaux

FichesdeLecture.com

La ferme des animaux (Fiche de lecture)

I. INTRODUCTION

La ferme des animaux est un roman de George Orwell. Il paraît pour la première fois en 1945, puis sous sa version française deux ans plus tard.

Le succès de l'auteur ne se résume donc pas à *1984*, puisque ce conte romancé autour de la révolte des animaux d'une ferme a connu un grand succès.

II. RÉSUMÉ DE L'ŒUVRE

Sage l'Ancien, le plus ancien cochon d'une ferme, mais aussi le plus primé, convoque un soir tous les animaux dans la grange de la ferme du Manoir. Il leur raconte alors un rêve qu'il vient de faire, dans lequel le monde serait débarrassé des humains qui les oppriment. Les animaux seraient alors libres, ne seraient plus les esclaves des hommes, et pourraient profiter de quelques heures de loisirs en parallèle d'une occupation digne.

Sage l'Ancien appelle les animaux à se révolter contre M. Jones, leur fermier. Il leur enseigne aussi une chanson, « Bêtes d'Angleterre », qui décrit son rêve de manière lyrique et pourrait les pousser à la rébellion. Les animaux l'acclament. Quelques jours après, le porc meurt. Mais son rêve ne décède pas avec lui, puisqu'un soir, les animaux, le ventre vide, s'attaquent au fermier et à ses ouvriers. Ils chassent ses derniers de la ferme, qu'ils rebaptisent « ferme des animaux ». À leur tête se trouvent trois jeunes cochons qui prennent le rôle de dirigeants : Napoléon, Boule de Neige et Brille-Babil. Boule de Neige essaie d'enseigner la lecture à plusieurs animaux.

Un nouvel ordre est mis en place, qui avait été pensé après le discours de Sage l'Ancien : l'Animalisme. Plusieurs principes sont érigés en règles de vie au sein de la ferme, d'autant que les cochons ont appris à écrire avec un vieil ouvrage des enfants de la famille Jones :

- Tout *deux pattes* est un ennemi.
- Tout *quatre pattes* ou tout volatile est un ami.
- Nul animal ne portera de vêtements.
- Nul animal ne dormira dans un lit.
- Nul animal ne boira d'alcool.
- Nul animal ne tuera un autre animal.
- Tous les animaux sont égaux.

Les animaux sont divisés en commissions, et chacun trouve un rôle à jouer, même si certains en font moins que d'autres, à l'image de Napoléon, qui éduque des chiots retirés à leurs mères.

Le fermier Jones essaie de récupérer sa ferme, mais les animaux se battent avec acharnement pour qu'il n'y parvienne pas. C'est l'occasion de la célèbre « bataille de l'étable ».

Quelque temps plus tard, Boule de neige veut construire un moulin à vent pour produire de l'électricité pour les animaux. Napoléon s'y oppose, et tous deux s'affrontent dans un débat auprès des autres animaux. Boule de Neige l'emporte par ses talents d'orateur et son charisme. Du coup, Napoléon, qui a fini d'élever ses chiots, qui sont désormais de gros chiens molosses, les pousse à le chasser de la ferme. Puis il annonce à tout le monde que Boule de Neige était un espion à la solde des fermiers et qu'en fait, l'idée du moulin était la sienne, et qu'il sera donc construit.

Napoléon devient donc le leader de la ferme, appuyé par sa garde de chiens féroces. Il déclare que désormais, seuls les cochons prendront les décisions, et ce dans l'intérêt de tous les animaux.

Petit à petit, un monde nouveau s'organise, qui évolue de plus en plus vers une dictature : les réunions et débats s'espacent puis sont annulés ; un comité de cochons gère toutes les affaires. Le code de l'Animalisme pose d'abord quelques problèmes... on le fait donc évoluer plus ou moins subtilement pour mieux faire passer ce changement de situation vers un plus grand autoritarisme. Même la chanson « Bêtes d'Angleterre » devient bannie des lieux.

Ensuite a lieu la bataille du Moulin à vent, qui marque la deuxième destruction du moulin. Boule de neige est blâmé pour chaque échec ou défaite, et accusé de trahison pour l'épisode du moulin. Brille-Babil s'acharne en prétendant détenir des documents secrets accusant ce dernier.

Une exécution massive a lieu : ceux que l'on accuse d'avoir été des partisans de Boule de Neige sont tués par les chiens.

Dès lors, le pouvoir de Napoléon est incontesté, et il règne sur la ferme. Un commandement affirme même qu'il a « toujours raison ».

Certains cochons sont privilégiés, d'autres au contraire (parmi les animaux « communs ») voient leurs conditions de vie se dégrader de jour en jour, et leurs corvées s'alourdir.

Le cheval Malabar, l'un des travailleurs les plus acharnés, tombe gravement malade… il est vendu et tué au lieu d'aller à l'hôpital, afin que les cochons privilégiés s'achètent du whisky…

Une sorte de domination et de terreur porcine s'installe au détriment des autres animaux.

De plus, ils ressemblent de plus en plus à des humains, car ils marchent sur leurs pattes de derrière, portent des fouets pour imposer le travail et revêtent les habits de la famille des fermiers.

Un jour, les animaux invitent les fermiers de la région pour se réconcilier avec eux. La ferme reprend son ancien nom, et les hommes félicitent les bêtes pour leur succès dans le travail.

Mais on ne sait plus trop désormais qui sont les humains et qui sont les cochons… un seul commandement reste sur le mur de la grange : « tous les animaux sont égaux, mais certains sont plus égaux que d'autres ».

III. PRÉSENTATION DES PERSONNAGES

Sage l'Ancien (« Old Major »)

Ce cochon est un vieil animal, à l'origine des idées révolutionnaires qui viennent bouleverser la Ferme. Il décède rapidement après avoir exposé ses idées. Les maximes inscrites sur le mur de la grange sont directement inspirées de lui, et mises en pratique par les autres. On vénère son crâne comme cela a été le cas pour Lénine, puis il est quelque peu oublié.

Il incarne l'utopie communiste et les rêves de Marx et Lénine. À sa suite, ses idées sont dénaturées et sa mort laisse place à une lutte pour le pouvoir entre les Napoléon et Boule de Neige.

Boule de Neige (« Snowball »)

Ennemi de Napoléon, il est en lutte pour le contrôle de la ferme après la mort de Sage l'Ancien. Il incarne plutôt Trotsky, en voulant exporter la révolution hors de son cadre premier.

Il est intelligent et bon orateur, mais est chassé de la ferme, accusé de trahison ; dès lors, il devient l'incarnation de tous les échecs du domaine, et l'Histoire est réécrite en le blâmant.

Napoléon

Des deux cochons en lutte pour être leader, Napoléon l'emporte. Il incarne Staline et instaure un régime d'oppression et de terreur dans la ferme. Sa petite armée personnelle est composée de molosses à son service (les chiots qu'il avait élevés), qui chassent son rival et assassinent ses opposants. Napoléon a une tendance à la trahison.

Brille-Babil (« Squealer »)

Autre cochon d'importance dans la ferme, il est en charge de la propagande pour Napoléon. Après avoir usé de la parole pour convaincre, il réécrit peu à peu l'Histoire et les commandements, puis a recours à l'intimidation avec l'aide de chiens de Napoléon.

Brille-Babil parvient ainsi à justifier le monopole du pouvoir et des ressources par les porcs, en diffusant de fausses statistiques, en modifiant la mémoire des animaux, en usant de menace, de rhétorique pour maintenir un contrôle politique et social. Il incarne donc la Pravda et les organes de propagande en général.

Moïse

Ce corbeau symbolise l'Église et la religion, le fameux « opium du peuple ».

Malabar

Malabar est un cheval de trait et un excellent travailleur, loyal envers Napoléon. Mais ce dernier, lorsque Malabar tombe malade, n'hésitera pas à le revendre à un équarrisseur pour toucher de l'argent, plutôt que de le faire soigner. Ce cheval incarne le stakhanovisme, et la naïveté de toute une génération.

Benjamin

Le vieil âne incarne Orwell, opposé au régime et annonciateur de la fin tragique du cours des évènements totalitaires. Il ne parvient pas à changer la situation.

Lubie (« Mollie »)

Jument aux goûts de luxe, elle incarne ceux qui ont fui l'URSS dans les années 20, à savoir une partie de la petite bourgeoisie et des intellectuels.

M. Jones

Le fermier incarne Nicolas II ; en délaissant ses animaux, il accélère la révolution dans la ferme.

Les autres animaux

On y trouve les moutons (très endoctrinés), les poules (les plus exploitées), les chiens (garde personnelle de Napoléon)...

IV. AXES D'ANALYSE

Le parallèle avec le totalitarisme soviétique

Cette oeuvre est une satire des régimes totalitaires, ici tout particulièrement de celui mis en place après la Révolution Russe. Orwell a voulu faire de son ouvrage un avertissement déguisé en conte, ce qui lui a valu de réelles difficultés à se faire publier.

Les personnages incarnent des personnages bien réels, ou des classes sociales ou pays spécifiques. On retrouve ainsi Marx (« Old Major »), Lénine, Trotsky (Boule de Neige), Staline (Napoléon), Hitler (M.Frederick), les Alliés (Pilkington), les paysans, Stakhanov, les élites, l'Église orthodoxe…

De plus, plusieurs évènements ressemblent à la réalité de l'histoire soviétique : la lutte entre Boule de Neige et Napoléon rappelle celle de Trotsky et Staline. La bataille du moulin représente la Seconde Guerre mondiale, tandis que précédemment, le pacte entre Napoléon et M. Frederick symbolise le pacte de non agression entre les nazis et les Soviétiques avant la guerre…

On retrouve aussi, dans le chapitre VII, des exécutions qui ne sont pas sans rappeler la grande purge, mais parfois des détails manquent, ce qui fait hésiter entre plusieurs épisodes (comme les Procès de Moscou).

La manipulation du langage et la propagande

L'une des préoccupations permanentes d'Orwell, dans *La Ferme des Animaux* comme dans *1984*, est la question du langage et des outils de propagande en tant qu'instruments de contrôle des individus.

Justement, dans la *Ferme des animaux*, les cochons illustrent bien cette distorsion de la rhétorique révolutionnaire socialiste. Très rapidement, la vision originelle développée par Sage l'Ancien est pervertie et déformée par ses successeurs, qui détournent l'idéal socialiste en réécrivant ses mots.

La manipulation des mots et la réécriture de l'Histoire sont telles que les animaux ne peuvent s'opposer aux leaders sans donner l'impression de s'opposer directement aux idéaux révolutionnaires qui sont au fondement de la ferme des animaux.

Brille-Babil incarne le maître de la propagande pour Napoléon. Il se sert du langage, du travail sur la mémoire historique commune, mais évolue aussi peu à peu vers la menace à peine voilée de répressions violentes.

On remarque aussi que l'éducation et le développement de l'intelligence par l'instruction sont des instruments puissants de contrôle de la population.

Les cochons cherchent à limiter les connaissances des animaux de la ferme pour mieux les contrôler, afin qu'ils ne pensent pas trop par eux-mêmes et adhèrent totalement aux maximes réécrites par les leaders.

Ainsi, on apprend d'abord aux jeunes cochons à lire et à écrire, mais les livres d'enfants qu'ils ont utilisés sont ensuite détruits pour éviter que les autres animaux ne les utilisent. Au final, l'éducation et le développement intellectuel des porcs leur donnent l'avantage sur une population d'animaux non éduqués, à l'image des régimes totalitaires ayant véritablement existé.

Dans la même collection en numérique

Les Misérables
Le messager d'Athènes
Candide
L'Etranger
Rhinocéros
Antigone
Le père Goriot
La Peste
Balzac et la petite tailleuse chinoise
Le Roi Arthur
L'Avare
Pierre et Jean
L'Homme qui a séduit le soleil
Alcools
L'Affaire Caïus
La gloire de mon père
L'Ordinatueur
Le médecin malgré lui
La rivière à l'envers - Tomek
Le Journal d'Anne Frank
Le monde perdu
Le royaume de Kensuké
Un Sac De Billes
Baby-sitter blues
Le fantôme de maître Guillemin
Trois contes
Kamo, l'agence Babel
Le Garçon en pyjama rayé
Les Contemplations

Escadrille 80

Inconnu à cette adresse

La controverse de Valladolid

Les Vilains petits canards

Une partie de campagne

Cahier d'un retour au pays natal

Dora Bruder

L'Enfant et la rivière

Moderato Cantabile

Alice au pays des merveilles

Le faucon déniché

Une vie

Chronique des Indiens Guayaki

Je voudrais que quelqu'un m'attende quelque part

La nuit de Valognes

Œdipe

Disparition Programmée

Education européenne

L'auberge rouge

L'Illiade

Le voyage de Monsieur Perrichon

Lucrèce Borgia

Paul et Virginie

Ursule Mirouët

Discours sur les fondements de l'inégalité

L'adversaire

La petite Fadette

La prochaine fois

Le blé en herbe

Le Mystère de la Chambre Jaune

Les Hauts des Hurlevent

Les perses

Mondo et autres histoires

Vingt mille lieues sous les mers

99 francs

Arria Marcella

Chante Luna

Emile, ou de l'éducation
Histoires extraordinaires
L'homme invisible
La bibliothécaire
La cicatrice
La croix des pauvres
La fille du capitaine
Le Crime de l'Orient-Express
Le Faucon malté
Le hussard sur le toit
Le Livre dont vous êtes la victime
Les cinq écus de Bretagne
No pasarán, le jeu
Quand j'avais cinq ans je m'ai tué
Si tu veux être mon amie
Tristan et Iseult
Une bouteille dans la mer de Gaza
Cent ans de solitude
Contes à l'envers
Contes et nouvelles en vers
Dalva
Jean de Florette
L'homme qui voulait être heureux
L'île mystérieuse
La Dame aux camélias
La petite sirène
La planète des singes
La Religieuse
1984 A l'Ouest rien de nouveau
Aliocha
Andromaque
Au bonheur des dames
Bel ami
Bérénice
Caligula
Cannibale
Carmen

Chronique d'une mort annoncée
Contes des frères Grimm
Cyrano de Bergerac
Des souris et des hommes
Deux ans de vacances
Dom Juan
Electre
En attendant Godot
Enfance
Eugénie Grandet
Fahrenheit 451
Fin de partie
Frankenstein
Gargantua
Germinal
Hamlet
Horace
Huis Clos
Jacques le fataliste
Jane Eyre
Knock
L'homme qui rit
La Bête humaine
La Cantatrice Chauve
La chartreuse de Parme
La cousine Bette
La Curée
La Farce de Maitre Pathelin
La ferme des animaux
La guerre de Troie n'aura pas lieu
La leçon
La Machine Infernale
La métamorphose
La mort du roi Tsongor
La nuit des temps
La nuit du renard
La Parure

La peau de chagrin

La Petite Fille de Monsieur Linh

La Photo qui tue

La Plage d'Ostende

La princesse de Clèves

La promesse de l'aube

La Vénus d'Ille

La vie devant soi

L'alchimiste

L'Amant

L'Ami retrouvé

L'appel de la forêt

L'assassin habite au 21

L'assommoir

L'attentat

L'attrape-coeurs

Le Bal

Le Barbier de Séville

Le Bourgeois Gentilhomme

Le Capitaine Fracasse

Le chat noir

Le chien des Baskerville

Le Cid

Le Colonel Chabert

Le Comte de Monte-Cristo

Le dernier jour d'un condamné

Le diable au corps

Le Grand Meaulnes

Le Grand Troupeau

Le Horla

Le jeu de l'amour et du hasard

Le Joueur d'échecs

Le Lion

Le liseur

Le malade imaginaire

Le Mariage de Figaro

Le meilleur des mondes

Le Monde comme il va

Le Parfum

Le Passeur

Le Petit Prince

Le pianiste

Le Prince

Le Roman de la momie

Le Roman de Renart

Le Rouge et le Noir

Le Soleil des Scortas

Le Tartuffe

Le vieux qui lisait des romans d'amour

L'Ecole des Femmes

L'Ecume Des Jours

Les Bonnes

Les Caprices de Marianne

Les cerfs-volants de Kaboul

Les contes de la Bécasse

Les dix petits nègres

Les femmes savantes

Les fourberies de Scapin

Les Justes

Les Lettres Persanes

Les liaisons dangereuses

Les Métamorphoses

Les Mouches

Les Trois mousquetaires

L'étrange cas du Dr Jekyll et de Mr Hyde

L'Ile Au Trésor

L'île des esclaves

L'illusion comique

L'Ingénu

L'Odyssée

L'Ombre du vent

Lorenzaccio

Madame Bovary

Manon Lescaut

Micromégas
Mon ami Frédéric
Mon bel oranger
Nana
Ne tirez pas sur l'oiseau moqueur
Notre-Dame de Paris
Oliver twist
On ne badine pas avec l'amour
Oscar et la dame rose
Pantagruel
Le Misanthrope
Perceval ou le conte du Graal
Phèdre
Ravage
Roméo et Juliette
Ruy Blas
Sa Majesté des Mouches
Si c'est un homme
Stupeur et tremblements
Supplément au voyage de Bougainville
Tanguy
Thérèse Desqueyroux
Thérèse Raquin
Ubu Roi
Un Barrage contre le Pacifique
Un long dimanche de fiançailles
Un secret
Vendredi ou la vie sauvage
Vipère au poing
Voyage au bout de la nuit
Voyage au centre de la terre
Yvain ou le Chevalier au lion
Zadig

À propos de la collection

La série FichesdeLecture.com offre des contenus éducatifs aux étudiants et aux professeurs tels que : des résumés, des analyses littéraires, des questionnaires et des commentaires sur la littérature moderne et classique. Nos documents sont prévus comme des compléments à la lecture des oeuvres originales et aide les étudiants à comprendre la littérature.

Fondé en 2001, notre site FichesdeLectures.com s'est développé très rapidement et propose désormais plus de 2500 documents directement téléchargeables en ligne, devenant ainsi le premier site d'analyses littéraires en ligne de langue française.

FichesdeLecture est partenaire du Ministère de l'Education du Luxembourg depuis 2009.

Plus d'informations sur www.fichesdelecture.com

ISBN: 978-2-511-02833-9

Notes :